UNE VIE HEUREUSE

DES MÊMES AUTEURES

Retour à Birkenau, Grasset, 2019.

GINETTE KOLINKA
avec
MARION RUGGIERI

22 Avril 2023

UNE VIE HEUREUSE

BERNARD GRASSET
PARIS

Photo de la bande : E. Caupeil / Pasco.

ISBN 978-2-246-83238-6

Une vie heureuse que je souhaite à tout le monde. J'ai vécu avec mes possibilités, pas besoin de luxe, pas de regrets. J'aurais pu peut-être avoir un magasin, une résidence secondaire.
Mais ce que j'avais me suffisait.
Un gentil mari, un fils.

J'ai 97 ans, ça fait quatre-vingt-sept ans que je monte ces escaliers. Les marches me connaissent. Je les ai usées.

Je suis née au 22, rue Vieille-du-Temple, en février 1925. Nous sommes arrivés ici, rue Jean-Pierre Timbaud, j'avais 10 ou 11 ans. La rue ne portait pas ce nom. La cour n'était pas pavée. Il n'y avait pas de lauriers et de palmiers comme maintenant.

À la place, il y avait une usine. De papier, ou de métallurgie, je ne sais plus.

On accédait à notre immeuble par le côté : un couloir qui longeait l'usine, où le soir on parlait bien fort pour faire fuir les rats.

La gardienne nous hurlait dessus de plus belle parce qu'on faisait trop de bruit.

La pauvre, c'était une esclave. Le jour, la porte était ouverte. Mais à partir de onze heures, minuit, il fallait donner son nom, et c'est la gardienne qui ouvrait, fermait. Mes sœurs sortaient beaucoup. Elle ne devait jamais dormir.

Nous étions six filles, j'étais la plus jeune, et un garçon. Tant désiré par papa.

Toute ma vie, j'ai habité ici.

À l'exception de trois années, de 1942 à 1945.

Le couloir/La loge

La gardienne, je ne lui ai jamais rien demandé. Elle devait savoir, pourtant. Mais je ne lui ai pas posé de questions. Je n'y ai même pas pensé. À partir du moment où je suis rentrée, c'était fini, j'étais en dehors de la déportation.

Nous sommes partis sans bagages, ou presque. Un homme de la préfecture s'est présenté chez nous. Il a dit : vous feriez mieux de partir. Vous avez été dénoncés. Pas comme juifs, comme communistes. Vous êtes surveillés.

Vrai ? intéressé ? On n'en savait rien, on est partis.

À l'époque, partir, c'était toute une histoire. L'été, on s'en allait trois mois, faire les marchés au Portel, près de Boulogne-sur-Mer. On emmenait tout : le linge de maison, le linge de corps, les draps, la cocotte... On expédiait tout ce dont on avait besoin par train dans de grandes panières en osier qu'on retrouvait sur place.

Ce soir de 1942, ma mère a préparé nos affaires à la hâte. C'est la gardienne qui nous a mis des bâtons dans les roues. Elle avait un fils en âge d'aller à la guerre. Craignait-elle qu'il se fasse attraper ? qu'on les fasse remarquer ? Les Juifs n'avaient pas le droit de quitter les lieux où ils s'étaient fait recenser. Il fallait prévenir les autorités.

Elle nous a empêchés de passer. C'était une femme pas facile.

Alors on est partis sans rien, avec juste une petite valise et nos sacs à main.

On a tout laissé, on a fermé à clef et voilà.

Je ne reviendrai pas avant 1945.

Je n'ai pas pris ça pour un départ, une tragédie. Au contraire, il nous arrivait quelque chose d'extraordinaire. J'étais une héroïne. Je vivais un roman. Je suivais le mouvement. Quand on est arrivés à Aix-les-Bains, cette ville superbe, c'était la première fois que j'allais à l'hôtel, la première fois que je mangeais au restaurant. Je me prenais pour une millionnaire.

Quand elle m'a revue, en 1945, la gardienne s'est écriée : « Gilbert ! »

Elle m'a prise pour mon petit frère. Il aurait eu 13 ans et demi.

J'ai 20 ans, je pèse 26 kilos, j'ai le crâne rasé à cause du typhus et des poux. Je porte une veste militaire. À Lyon, où l'on m'a rapatriée inconsciente en juin 1945, une dame m'a reconnue. « T'es pas une fille Cherkasky, toi ? » Elle m'apprend que mes sœurs et ma mère ont récupéré l'appartement, qu'elles n'ont pas été arrêtées.

De retour à Paris, je n'ai plus la patience d'attendre au Lutetia, où tous les déportés sont accueillis, recensés, interrogés une, deux, trois fois au cas où un « collabo » se serait glissé parmi nous.

Les numéros tatoués sur nos bras, ça ne veut rien dire.

La maigreur, ça ne veut rien dire.

Un homme qui veut s'échapper est capable de tout.

Je veux rentrer chez moi. Je me renseigne et prends un bus, qui me dépose boulevard Beaumarchais. On est en juin. Je reconnais le quartier mais la rue a changé de nom : elle ne s'appelle plus rue d'Angoulême, comme quand je suis partie, mais rue Jean-Pierre

Timbaud – j'apprendrai plus tard que c'est un résistant. Peu importe, je sais encore où j'habite, je retrouve l'immeuble. Les portes cochères sont ouvertes dans la journée. Et la gardienne, c'est la même qu'il y a trois ans.

« Gilbert ? » elle me lance.

Après ça, elle n'a plus jamais été la même.

Le dimanche, c'est elle qui gardait Richard quand, des années après, son père et moi faisions les marchés. En semaine, on avait toujours quelqu'un, des petites gamines pour nous aider. À l'époque, je faisais le marché à Crépy-en-Valois, il y avait beaucoup de paysans polonais qui venaient pour la saison, les enfants suivaient. À 14 ans, on les mettait au travail. On les appelait des bonnes à tout faire, elles portaient bien leur nom. Avec le père de Richard, on rentrait très tard, ces mômes nous attendaient pour dîner. On prenait peu de vacances, quinze jours par an, et il fallait qu'on soit là pour la rentrée des classes. On vendait des tabliers d'enfants.

Maintenant, ça ne se fait plus les tabliers.

Je me souviens qu'on allouait à la concierge une somme pour l'électricité, si elle dépassait c'était pour sa poche, la plupart du temps elle vivait dans l'obscurité. Au début, il n'y avait pas d'eau dans la loge. On lui a installé une petite salle de douche, bien plus tard, à l'endroit où les locataires garent désormais leurs vélos.

Elle est restée jusqu'à sa mort, Richard devait avoir 18 ans.

Elle savait, forcément. Peut-être pas qui nous avait dénoncés. Mais qui avait habité chez nous durant ces trois années ? qui avait vidé l'appartement ? Parfois, je me demande pourquoi je n'ai pas posé de questions. J'étais jeune, indifférente à tout ce qui s'était passé avant. Je me contentais du présent. Et c'est toujours le cas.

La porte d'entrée/Le palier

Juin 1945. J'attrape la rampe de l'escalier en bois jusqu'au premier étage. Je frappe à la porte. Cette porte que tu vois. C'est ma mère qui ouvre. Est-ce qu'elle me parle ? Je suis là, maigre à faire peur, sale, seule, sans mon père, sans mon petit frère. Très vite, elle lance : « Demain, on va me donner des nouvelles de papa et Gilbert ! » Et c'est plus fort que moi, d'une voix mauvaise, j'aboie : « Ils ont été gazés dès leur arrivée et leurs corps ont été brûlés. »

Encore aujourd'hui, je le regrette, pauvre femme. Elle est morte de leur absence, à 61 ans.

Combien de fois ai-je ouvert et fermé cette porte d'entrée ?

Je me souviens de mon père qui nous met dehors, sur le palier, avec mes sœurs parce qu'on est prises d'un fou rire. Il ne nous supporte plus. Il a des problèmes d'argent, des soucis plein la tête, des échéances, des clients qui ne paient pas. Nous, on est jeunes, on ne se rend pas vraiment compte. Sauf quand ma mère nous envoie faire les courses à crédit. Encore aujourd'hui, j'entends l'épicier articuler : « Tu diras bien à ta maman de penser à moi. » La honte. « Donne-nous de l'argent si tu veux qu'on achète de quoi manger ! »

Mon père nous ouvre la porte, à peine entrées avec mes sœurs, on glousse à nouveau, alors il nous remet dehors. Mais rien n'y fait.

Il finit par rire avec nous.

Il y a aussi Simone, qui deviendra Simone Veil, et sa sœur Milou, sur le pas, hésitantes. On est une ou deux semaines après mon retour. Je ne sais même pas comment j'ai pu les entendre frapper. Le bruit de la fête est assourdissant. Mes sœurs ont invité plein d'amis. Ça danse, ça boit, ça rit autour de la grande table de la salle à manger. Je les distingue à peine dans l'obscurité du palier. Comment ont-elles trouvé mon nom ? mon adresse ? Je ne sais pas. Je n'ai pas la présence d'esprit de le leur demander. Nous avons le téléphone, une rareté à l'époque, que les « collabos » ont fait installer. Je leur crie : « Entrez ! » Elles sont là, toutes les deux, mais ne veulent pas déranger. Peut-être qu'elles me disent : « On repassera. » Je n'insiste pas. J'aurais dû.

Aujourd'hui, il faut sonner fort et plusieurs fois ! Je n'entends pas. J'ai mis un petit mot sur la porte d'entrée. Les gens m'écrivent, beaucoup. Certains posent des plis sur le paillasson. Ils ont lu mon livre, connaissent mon histoire. Je suis dans le bottin. Je les remercie. Mais, au fond, je me dis toujours la même chose : pourquoi moi ? Et je pense à ceux qui n'ont pas eu ma chance, ceux qui ne sont pas revenus. Ceux qui n'ont pas pu témoigner.

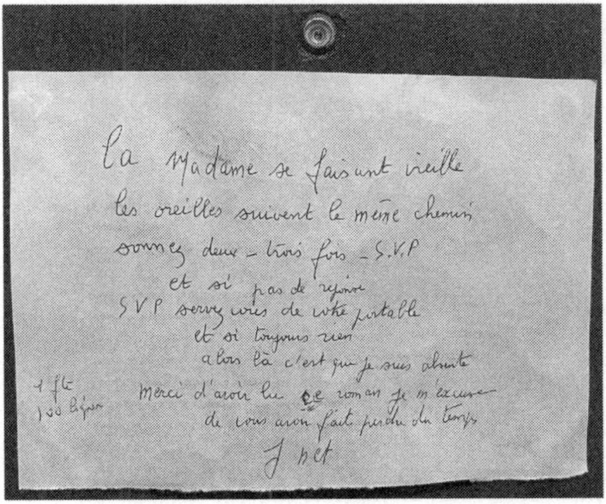

la Madame se faisant vieille
les oreilles suivent le même chemin
sonnez deux – trois fois – S.V.P
et si pas de réponse
SVP servez vous de votre portable
et si toujours rien
alors là c'est que je suis absente
merci d'avoir lu ce roman je m'excuse
de vous avoir fait perdu du temps

On me parle de mes qualités : mais non, je n'ai pas eu de volonté ! mais non, je n'ai pas eu de courage ! Je n'avais plus rien, plus de sentiments, je faisais les choses comme un robot. J'ai eu de la chance. La chance de partir de Birkenau en novembre 1944. Si j'étais partie en janvier 45, j'aurais fait la route à pied, d'Auschwitz à Loslau, « la Marche de la mort », et je ne serais pas là. Ceux qui l'ont fait… J'ai échappé à ça. Parce que ce jour-là, de novembre, quand ils ont commencé à évacuer, je ne suis pas allée travailler, je me suis planquée. Ça aurait pu être très grave, ça a été ma chance.

L'entrée

Dans le temps, mon père travaillait ici. L'atelier se trouvait dans le salon, un peu plus loin sur la droite. Les rouleaux de tissu étaient entreposés dans la petite chambre attenante au salon. La salle à manger, tout droit, servait de bureau. Et mon père coupait la marchandise dans la véranda, où trônait une belle table de coupe et de grands ciseaux massifs, très lourds. En haute saison, il pouvait y avoir deux ou trois ouvrières et un coupeur. Pendant la saison creuse, il déléguait certaines tâches à l'extérieur et s'occupait du reste. C'était un bon patron, humain.

Mon père confectionnait des imperméables. On n'assemblait pas encore les pièces avec des machines, elles étaient « collées ». Il fabriquait lui-même un genre de colle avec des bouchons à faire fondre. Et j'adorais cette odeur, qui a persisté longtemps après qu'il a déménagé son atelier.

La colle, ça sent l'enfance, non ?

Notre père ne s'occupait pas de nous, du tout. Il nous intimidait. Jamais je n'ai parlé avec lui, sauf quand on a été arrêtés. Sinon je ne savais pas quoi lui dire.

Ma mère l'avait mis sur un piédestal. Plus tard, j'ai appris qu'il était cavaleur et je lui en ai beaucoup voulu. Maman, c'était la femme au foyer. Toute sa vie, je l'ai vue se débattre avec des problèmes financiers. Papa ne se rendait pas compte. Il lui laissait un peu d'argent le matin, les femmes n'avaient pas de compte en banque. Pauvre maman, elle ne dépensait rien pour elle, tout pour nous.

Ma mère a eu six filles et un garçon. Elle était si prude, c'est à se demander comment elle les a eus. Je n'ai jamais vu mon père faire une caresse, ni même donner un baiser à sa femme. Ces petits moments de tendresse comme j'en partageais avec mon mari. Ces petits égards qu'a mon fils pour son épouse.

Au fil des ans, l'entrée s'est peu à peu couverte de disques d'or, ceux de « Téléphone », le groupe de mon fils Richard.

D'abord un, puis deux, puis trois… ça ne l'intéressait pas. Le premier, c'est celui-ci, avec le cadran de téléphone incrusté. Le dernier, c'est celui-là, avec le t-shirt. Après, c'est son fils, Mathis, qui les a récupérés. Il joue du piano, il compose, il est quoi déjà ? « Beatmaker ». Bref, il est dans la musique, il fait travailler son père. Dans le coin là-bas, c'est un tract, ils les faisaient eux-mêmes et les distribuaient à la main. On peut y lire : « Hippodrome Porte de Pantin : Rock on ! Téléphone ».

Certains posters me sont dédicacés. Richard me dit : « Désormais, c'est toi la star. » Moi, j'aurais rêvé qu'il devienne fonctionnaire. Une bonne petite paie. La sécurité de l'emploi. Quand il est entré à la Sécurité sociale par un copain dont la mère travaillait là-bas, j'étais la plus heureuse des femmes. Au bout de trois mois, ils ont rompu le contrat, Richard ne faisait pas l'affaire. Heureusement qu'il ne m'a pas écoutée, aujourd'hui il serait peut-être postier ou coiffeur.

Lui ne pensait qu'à ça, la musique.

Adolescent, il répétait dans la cave avec les gosses du palier d'en face, des jumeaux. Leur père était polonais, il travaillait dans le cuir, la mère russe. Des gens très agréables. Ensemble, ils faisaient les quatre cents coups. Les jumeaux avaient récupéré toutes les chutes de cuir du père pour matelasser la porte de la cave. Bien sûr, le bruit passait quand même. Quand on rentrait tard, on était inévitablement alpagués par un voisin : « Vous savez, il faudra dire à Richard... »

Qu'est-ce qu'on l'a entendu, ça. Et tous ces jeunes qui débarquaient avec des cheveux longs, des pattes d'éléphant. Dans l'immeuble en face, les habitants, souvent âgés, avaient peur, se planquaient derrière leur fenêtre. Tous les soirs, la gardienne nous répétait : « Il faudra dire à Richard. »

On le lui disait.

Mais il s'en foutait.

J'ai souvent dit : si ça recommence, je préfère l'étrangler de mes propres mains, plutôt qu'il vive ce que j'ai vécu.

On ne voulait qu'un enfant.

L'autre jour, dans la rue, je croise une mère avec son bébé dans un landau. Une petite fille. Je la regarde, elle me fait un beau sourire. Elle doit avoir à peine un an. Richard était comme ça, aussi, on le regardait, il souriait. J'ai pensé : quand ils rentraient dans les chambres à gaz, les bébés, ils leur souriaient peut-être. Et ça ne les faisait pas fondre.

La déportation, tout le temps, tu y retournes. Une pièce invisible.

Sur le mur de l'entrée, il y a aussi des photos de mes arrière-petits-enfants, les enfants de mon premier petit-fils, Roman, qui a joué dans des films dont je garde les affiches. Des cartes postales et des dessins envoyés par les élèves auxquels je raconte mon histoire dans les écoles. Aller dans les collèges, les lycées, ça c'est très agréable. Changer d'horizon, tous les jours, être avec des jeunes. En riant, je dis que ça devrait être remboursé par la Sécurité sociale. J'espère que, plus tard, ils se souviendront. J'espère qu'ils ne croiseront pas quelqu'un qui aura des mots plus convaincants et qui leur fera oublier les miens.

Je leur dis : c'est la haine. La cause de tout ça.

En classe, ce sont les mêmes questions qui reviennent : avez-vous vu Hitler ? comment faisiez-vous lorsque vous aviez vos règles ? Étrangement, il y a peu de questions sur la faim. La faim qui décidait tout, notre seule obsession. Peu de questions sur l'hygiène aussi. À Birkenau, je ne me suis pas lavée une seule fois en six mois. Nous étions malades, on se faisait dessus. Encore aujourd'hui, j'ai du mal à réaliser.

L'autre jour, j'ai dit à des élèves de troisième : « Tous ceux qui ont moins de 15 ans, levez-vous ! » Les trois quarts se sont levés. Je leur ai lancé : « Vous êtes morts. » Au camp, on tuait les moins de 15 ans. Ça a fait un froid.

Souvent, les professeurs viennent me chercher en voiture à la gare, je traverse des villages, des campagnes, la France est drôlement belle.

Le plaisir, il est partout. Il est là.

J'aime regarder la nature, les fleurs dans les champs, les oiseaux.

Au camp de Bergen-Belsen, où j'ai été transférée après Birkenau, on ne nous battait plus, on ne travaillait plus, mais on nous trimballait sans cesse d'un endroit à l'autre. Je me rappelle avoir traversé des bois. On est restés toute la journée debout dans la neige.

C'était le jour de mes 20 ans, le 4 février 1945.

La chambre principale (à droite de l'entrée)

Laisse-moi me souvenir…

Petit, Richard dormait près de nous, à côté du salon, dans la chambre d'amis, où papa entreposait ses rouleaux de caoutchouc autrefois. Puis il a pris cette chambre, où il a collé un peu partout des affiches, qui est devenue la nôtre, avec son père. Et enfin la mienne. Il était très indépendant, allait, venait, on entendait juste la porte se fermer. On laissait faire, on lui faisait confiance.

C'est un peu le bazar.

Le vélo d'appartement, je m'en sers comme portemanteau pour accrocher mes nippes. Mais j'ai toujours été sportive. Ça a commencé pendant la guerre. Ma sœur Lulu avait un amoureux fait prisonnier. Il lui écrivait une fois par mois. Un de ses copains s'occupait d'une équipe de sport au Racing. Dans une lettre, il a conseillé à Lucienne, qui n'avait plus le droit de travailler en vertu des ordonnances antisémites, d'aller le voir. Le gars nous a fait jurer qu'on n'était pas juives et nous a inscrites. Le Racing Club… C'était le début du handball, on appartenait à une équipe, on faisait des démonstrations dans les écoles. On était fières. À l'époque, ça n'existait pas, les filles sur des terrains de sport. Ça attirait d'ailleurs tout un tas de vieux qui venaient dans les tribunes regarder les filles et leurs cuisses.

Quand on est partis, ce jour-là, dans la précipitation, c'est la seule chose que j'ai emportée : ma carte de membre. J'étais si fière. On ne peut pas se rendre compte à quel point ça semblait extraordinaire à nos yeux. Ça a bien failli nous perdre.

Pour passer en zone libre et limiter les risques, mon père nous avait obtenu de faux papiers et séparés en petits groupes. Arrivées en gare d'Angoulême, avec mes sœurs Sophie et Lucienne, nous sommes arrêtées et amenées à la prison pour un contrôle d'identité. Dans la queue, je réalise que j'ai ma carte du Racing, avec ma photo et mon véritable nom. Je le dis discrètement à ma sœur qui me siffle d'aller aux toilettes, d'y jeter la carte et de revenir. Sauf que je suis accompagnée par une sentinelle, je dois laisser la porte ouverte. Je reviens blême et tremblante. Par miracle, une dame placée juste devant nous sort une petite fiole d'alcool. Ni une ni deux, on déchire la carte en mille morceaux cotonneux et, mes sœurs et moi, on les mastique et on les avale d'un trait, avec la gnole !

Moins une.

À Avignon, plus tard, j'ai intégré l'équipe de basket.

J'ai toujours aimé les sports collectifs.

Gym, yoga… J'ai fait de la culture physique tous les jours jusqu'au premier confinement. Une bande de copines pieds-noires, des séfarades, fréquentait la même salle. Elles parlaient sans cesse de fêtes, de traditions. C'est par elles que j'ai connu les coutumes. Je n'ai pas été élevée dans une famille croyante. Et s'il n'y avait eu que les ashkénazes, je me demande si le judaïsme ne se serait pas éteint.

Quand tu es allée dans les camps, c'est difficile de croire.

Au début, c'était la seule chose qui me remuait un peu quand je suis retournée à Birkenau : les valises des enfants avec leurs dates de naissance écrites dessus, les petits manteaux, les tresses encore douces mêlées à ces nids, ces montagnes de cheveux grisonnants, poussiéreux.

Mes vêtements : j'ai hérité de toutes mes sœurs, je pourrais ouvrir un magasin ! Alors, quand je me balade en ville, je regarde tout mais je n'achète rien. Je dis souvent que je n'ai pas de souci d'argent car je n'ai pas envie de ce que je ne peux pas m'offrir. Les boîtes en plastique empilées, ce sont mes coffrets à bijoux. À l'époque, les bimbeloteries étaient vendues dans la sciure, deux francs. Depuis l'âge de 15 ans, je porte des boucles d'oreilles. Aujourd'hui, mon arrière-petit-fils joue avec, c'est son hochet.

Je ne pourrais pas dire si je suis coquette, ça fait partie de moi.

Les premiers temps, après mon retour, comme je n'avais pas de cheveux, je me faisais photographier en short et je jouais les petits jules. Je faisais semblant d'avoir une cigarette au bec. Souvent, je mettais un turban.

Le matin, dès que je me lève, je m'habille. Même malade, je m'habille. Le soir, quand je rentre, je ne me mets pas à l'aise. J'aurais trop tendance à vouloir traîner, me laisser aller.

La robe de Simone, on m'en parle tout le temps.

J'avais envoyé mon père et mon frère à la mort.

Je m'entends encore leur crier, en arrivant à Auschwitz et jusqu'à la fin de ma vie : « Gilbert, papa, prenez le camion, vous vous fatiguerez moins. » Le camion les a conduits au gaz.

On n'était plus nous. Je n'étais plus moi.

Et puis Simone m'offre cette robe, que la pire des *kapos* de Birkenau lui a donnée.

Je me suis sentie jeune fille.

Sans ça, je me serais peut-être laissée partir.

La robe de Simone, tout le monde m'en parle. Elle ne s'en souvenait plus.

Tu vois cette penderie qui occupe tout un pan de mur, face au lit ? Derrière, il y a notre ancien appartement. Quand on s'est installés, en 1936, nous habitions le palier d'en face. Ici, c'était l'atelier de mon père.

De l'autre côté du mur, j'ai mené une vie tranquille. Jusqu'en 1942.

Tendez la main, poussez la cloison, traversez, vous m'apercevrez, une petite fille de 10 ans, la cadette de six sœurs.

C'est moi, là : avec des tresses encore, mais plus pour longtemps. Brune, la peau olive, les yeux verts. Timide, mais chahuteuse, j'aimais bien les blagueurs.

Sportive avec ça, costaude, jamais malade, toujours au grand air : je faisais les marchés avec mes parents, du camping avec des copains des auberges de jeunesse, les Ajistes, j'étais habituée à marcher dans la nature, à vivre dehors par tous les temps.

Une bonne graine de déportée.

Les marchés, il faut rester des heures debout par grand froid ou sous des chaleurs épouvantables. Peut-être que celles qui travaillaient dans des bureaux ont eu plus de mal au camp.

Je ne sais pas.

Souvent, on me pose la question : comment avez-vous fait pour survivre ?

Je ne sais pas.

Je n'ai jamais bénéficié d'aucune protection dans les camps. Je n'ai jamais rencontré quelqu'un, un voisin, une cousine, trouvé une petite planque. J'ai toujours fait les gros œuvres, les terrassements, des travaux très durs, très pénibles, par tous les temps. Et j'ai eu la chance de pouvoir le supporter.

Je ne réfléchis pas, je n'analyse pas. Quand on me pose des questions, je réponds « c'est comme ça ».

Un jour, un peu plus haut dans la rue, je me suis arrêtée devant la vitrine d'un magasin pour y observer un robot. J'ai pensé, ce robot c'était moi. Le matin, on nous réveillait. On effectuait les mêmes gestes, aux mêmes heures, à la même cadence. On nous conduisait au travail : si on me donnait une pioche, je piochais. Une pelle, je déblayais. Un *trag*, je portais… C'était ça. C'était tout. Je ne pensais à rien d'autre. Pas même à vivre ou à mourir.

Le cerveau s'éteint.

Les rares moments où nous n'étions pas occupées, j'essayais de revoir le visage de ma mère, de mes sœurs, impossible.

À l'instant où je parle de ma mère, je la vois. Je parle de mes sœurs, je les vois.

Là-bas, non. Les visages ne venaient pas.

Quand Richard a quitté cette chambre, à 18 ans, nous nous y sommes installés avec Albert. J'ai fait repeindre les murs.

Bleu ciel.

L'appartement fantôme

Petite, avec mes sœurs, nous partagions la même chambre. Il y avait deux lits, un de chaque côté de la porte, on dormait à trois par lit : deux, côte à côte, et une au pied, en travers. En guise de chauffage, on disposait d'un poêle en fonte, une Salamandre, pour tout l'appartement, et d'une cuisinière. L'hiver, on le passait collées à la cuisinière, pelotonnées les unes contre les autres. Le plus dur, c'était le coucher. Aller au lit dans le froid, glisser ses pieds dans les draps glacés. Alors parfois, on donnait une petite pièce à mon frère Gilbert, et il allait nous chauffer le lit.

Le pauvre s'y endormait, fallait le secouer et le chasser, une fois l'édredon tiédi. Lui couchait dans la véranda.

Parfois, oui, j'y pense. Si on l'avait laissé vivre, que serait-il devenu ? Pour blaguer, je dis : gangster ? dictateur ? mais peut-être qu'il aurait été quelconque… C'était un petit garçon très doux, élevé et chouchouté par ses sœurs. Juste avant d'être arrêtés, je me souviens qu'on l'avait inscrit chez les scouts. On le trouvait trop dans les jupes des filles. Il râlait. À l'en croire, il avait été « totémisé » : attaché à un poteau !

Moi, j'étais éclaireur chez les Ajistes. Il y a une photo quelque part.

Dans la salle à manger peut-être ? Je suis à califourchon sur un tronc d'arbre au milieu d'une forêt avec toute une bande de jeunes gens. Je suis la sixième en partant de la gauche, la plus grosse, une main en l'air, l'autre sur la hanche. Je n'ai pas encore de numéro sur l'avant-bras gauche. J'ai écrit au stylo bille, au-dessus du cliché, « J'AVAIS 15 ans, c'était le bon temps !! ». Un de mes cousins faisait aussi partie des auberges de jeunesse, on effectuait des marches, on hurlait dans les rues. Ça ne se fait plus, on ne voit plus ça.

Mais la guerre chamboule tout, et transforme les familles.

J'allais à l'école juste à côté, rue Amelot. J'y ai passé mon certificat d'études, ce qui équivaut à la troisième. Ma mère pouvait m'apercevoir par la fenêtre. Plus tard, ils ont élevé un mur mais on entend toujours le raffut des enfants à l'heure de la récré.

Le bruit de la vie.

C'était une école non mixte, comme ça se faisait autrefois.

Le matin, je suivais les cours. L'après-midi, je restais à l'étude, j'apprenais mes leçons, je faisais mes devoirs. Le jeudi, l'équivalent de nos mercredis, je traînais un peu, je m'ennuyais, j'ai essayé les patronages, sans succès. Et le dimanche, le dimanche… on suivait les parents.

Au-dessus de chez nous vivait un tailleur pour dames. Et encore un étage au-dessus, un chapelier. Je me rappelle même leur nom :

« Pakula, confection pour dames ».

Le chapelier s'appelait Honnikbaum, je crois, quelque chose comme ça.

Chacun habitait et travaillait chez soi. Nous étions locataires.

En face, c'étaient les bourgeois.

Avec mes sœurs, on se disputait deux par deux. Je me disputais avec celle qui avait deux ans de plus que moi, mais jamais avec celle qui en avait cinq de plus, laquelle se disputait avec celle qui en avait deux de plus, et ainsi de suite… Quant à l'aînée, c'était tout à fait à part, personne ne se disputait avec elle, elle était comme notre mère. Quand j'avais besoin d'argent pour l'étude, la cantine, ou faire des courses, c'est à elle, Léa, que je demandais. Sinon, je m'entendais très bien avec Lulu, Lucienne, la seule à avoir un diminutif, la plus proche de moi en caractère. À ce qu'il paraît, j'étais son sosie.

Ma mère s'occupait de tout. Elle faisait les courses, cuisinait, récurait. L'appartement était grand, il y avait une salle de bain, mais pas de chauffe-eau. Alors on se lavait au lavabo et, une fois par semaine, elle nous emmenait aux bains-douches. Nous n'avions pas le droit d'être deux par cabine, mais ma mère nous y collait à deux, voire à trois. J'entends encore le responsable taper du poing contre la porte : « Dépêchez-vous, dépêchez-vous ! »

Pauvre femme, elle en avait du travail. Les machines à laver n'existaient pas, on allait au lavoir un peu plus loin, à gauche sur la rue Amelot. Ma mère mettait les affaires sales dans la poussette, ça donnait le signal. J'adorais l'accompagner, surtout à cause des chambres chaudes pour sécher le linge, et de l'odeur : ça sentait bon la lessive. Chacune lavait son linge, le décrassait, puis le mettait dans un filet, ça partait à la barboteuse, ensuite on vous rendait le filet, on relavait un coup, on rinçait, et enfin on séchait dans les chambres chaudes. Tout ça prenait une matinée. En attendant, maman buvait du café fumant qu'elle avait apporté. Mais pour nous, c'était chocolat chaud ou boissons fraîches, selon la saison, avec des petits gâteaux. On patientait gaiement, dans le sucre et le boucan.

Quand la guerre a été déclarée, le 1er septembre 1939, tout s'est figé. Mon père, qui craignait les bombardements, nous a envoyés en province.

Quelques mois après, le danger passé, croyait-il, nous sommes rentrés.

J'avais quitté l'école et, ne voulant pas y retourner en plein milieu d'année, je me suis inscrite en sténodactylo, au cours Remington, rue Caumartin, option secrétariat/comptabilité.

J'avais 14 ans, je ne savais rien, j'aimais danser.

À cette époque, les dancings n'existaient pas, on se retrouvait dans des garages clandestins. Les parents nous interdisaient d'y aller mais nous étions assez libres et peu surveillées. Mon beau-frère jouait de l'accordéon, on se donnait rendez-vous là où il se produisait, et on dansait : le Horsey, « horsey horsey up », et on levait la jambe ! Il ne fallait pas se tromper de sens. Il y avait aussi le Lambeth Walk, on se tapait dans les cuisses. Je n'étais pas très agile, une bonne danseuse sait la valse à l'endroit et à l'envers. Mais je dansais les tangos, les slows, les rumbas. Les rumbas, quand les bonhommes te collaient, tu sentais tout leur système. On les repoussait ! Moi oui.

Avec les premiers couvre-feu, mes parents ont pris peur. Les Juifs devaient regagner leur domicile avant vingt heures. Ce soir-là, avec mes sœurs, on avait un peu traîné en bas de l'immeuble. La jeune fille qui s'occupait de la maison était descendue nous guetter et ne nous avait pas vues. Mes parents se faisaient un sang d'encre.

Ça a été la seule gifle que mon père nous a jamais donnée. Mais il en a parlé pendant des mois, de ça.

On a porté l'étoile dès qu'il a fallu la porter.

Papa, né à Paris, et qui était français, avait combattu en 1914, nous n'avions rien à craindre selon lui. On a rendu nos vélos, les postes de TSF, on a évité les jardins publics, on n'est plus allés au cinéma ni à la piscine car c'était interdit aux Juifs. Mes sœurs ont dû arrêter de travailler. Et notre père a dû quitter son atelier.

Le fabricant pour dames est parti.

Le chapelier est resté. Avec sa femme, ils étaient poitrinaires. Ils ont disparu.

Comment mes sœurs ont-elles récupéré l'appartement ? Je n'en sais rien. Quand Paris a été libéré, en août 1944, elles sont revenues. En découvrant que des « collaborateurs » habitaient chez nous, elles sont allées trouver les résistants pour s'en plaindre : ils ont été arrêtés et relâchés aussi vite, à ce qu'il paraît. L'appartement était vide à l'exception de quelques meubles à eux. Mais ce petit guéridon, là, contre la fenêtre, était à nous je crois bien. Un rescapé de notre ancienne vie. Une fois de plus, je n'ai pas posé de questions. Je ne suis peut-être pas de nature curieuse, ou peut-être que ça n'était pas vital ?

Et maintenant, il n'y a plus personne pour me répondre.

Vengeance ? Contre qui ? Je n'ai jamais essayé de savoir. Ici, à Paris, c'était parce que nous étions communistes. À Avignon, parce que nous étions juifs. Mais je n'ai jamais cherché. Je n'ai pas d'instruction. Les choses se font.

À peine arrivée du Lutetia, mes sœurs m'ont allongée sur le canapé, dans le temps c'était un matelas posé sur un sommier – on appelait ça un *cosy*. Je vois la scène dans la petite chambre à côté mais ça s'est peut-être bien déroulé ici même, dans le salon. Ma mère et mes sœurs habitent là désormais, de ce côté du palier. Il n'y a plus d'atelier, de toute façon.

Je suis dans un triste état. J'ai la peau sur les os, la boule à zéro, le corps à vif, couvert de plaies. Elles me demandent : « Comment tu vas ? » Moi-même, je ne sais pas trop ce que j'aurais bafouillé à leur place. Encore aujourd'hui… Elles m'embrassent. Et la première chose qu'elles me disent c'est : « On va t'apprendre les nouvelles chansons. » Et elles me chantent « Ah le petit vin blanc ». Le refrain de l'époque. Quand j'ai été arrêtée, à Avignon, en 1944, c'était « Lili Marleen ». Je chantais beaucoup, gamine. Encore aujourd'hui, je fredonne tout le temps.

L'autre jour, je me trouvais dans une commémoration pour témoigner. Et on a entonné « Le Chant des marais ».

Loin vers l'infini s'étendent
De grands prés marécageux
Et là-bas nul oiseau ne chante
Sur les arbres secs et creux

Ce chant, je l'ai entendu tout de suite à mon arrivée au camp de Birkenau.

Ô terre de détresse
Où nous devons sans cesse
Piocher, piocher.

Ce sont ces femmes qui nous l'ont appris, comment ?

Dans ce camp morne et sauvage
Entouré de murs de fer

Il nous semble vivre en cage
Au milieu d'un grand désert.

À Birkenau, jamais je n'ai chanté.

Bruit des pas et bruit des armes
Sentinelles jour et nuit
Et du sang, et des cris, des larmes
La mort pour celui qui fuit.

C'est le chant des déportés. Créé par des Allemands, des communistes opposés à Hitler, les premiers prisonniers politiques. Les paroles se sont propagées au fil des ans, de camp en camp, jusqu'à Auschwitz, jusqu'au dernier refrain.

Mais un jour dans notre vie
Le printemps refleurira.
Liberté, liberté chérie
Je dirai : « Tu es à moi. »

J'ai eu les larmes aux yeux. Pourtant, je ne pleure plus.

Ô terre enfin libre
Où nous pourrons revivre,
Aimer, aimer.

Très vite après, j'ai repris les marchés. Le médecin a dit à ma mère : il faut qu'elle travaille. Ce sera la meilleure thérapie. Dès que j'ai été sur pied, ma sœur Jacqueline m'a cédé sa place aux Quatre-Chemins à Aubervilliers, où je vends de la bonneterie : soutiens-gorge, gaines, bas et chaussettes… Je mets tout dans une poussette que je range à la nuit tombée dans la remise. Il n'y a plus que ça qui compte. Quand on achète des articles, il faut les vendre : à moi ça plaît, mais aux autres ? Je suis marchande. La déportation, terminé.

Mes sœurs, elles, sont reparties dans le Sud, à Avignon, où l'on s'était réfugiés en 1942, et où j'ai été arrêtée avec mon père, Gilbert et mon neveu Jojo.

Le 13 mars 1944.

Sous un beau ciel bleu.

Lundi, c'était jour de repos. Le soir, j'allais au bal. On passait la nuit à danser et le lendemain matin je filais au turbin. Les clientes les plus malignes pouvaient passer entre midi et deux heures : je dormais debout. Certains endroits étaient plus cotés que d'autres. J'adorais le Balajo, ça avait une réputation mais ça bougeait très bien. Quand j'ai rencontré Albert, il dansait à Montmartre. C'était même un pilier de Montmartre. Il travaillait le matin au marché du Carreau du Temple, dans le Marais. Et l'après-midi on pouvait le trouver au Mikado, un salon de thé dansant. Ça a tout de suite accroché entre lui et moi. Il avait plein de copains. Je rêvais d'avoir un amoureux dans une équipe de copains.

Albert, c'est un voisin de stand qui me l'a présenté. « Tiens, j'ai quelqu'un pour toi ! » « Garde-le pour toi, je lui ai dit. Présente-le à tes filles, je suis assez grande pour me débrouiller. » Mais il m'avait tellement vanté ses qualités. Et puis ceux du Carreau, pour moi, ils avaient les moyens, ça m'a décidée. Quand Albert est venu me trouver au marché, j'ai regardé ses chaussettes et j'ai pensé : soit il a mauvais goût, soit il est fauché ! Mais il était souriant, blagueur, tout à fait le genre d'homme que j'aimais. Il m'a largement payé le café et m'a invitée à sortir. Dès qu'on s'est connus, fini les copains, je lui suffisais. On s'est mariés deux mois après à la mairie, avec son frère et ma sœur pour seuls témoins. On a fêté ça le lundi de Pâques afin que mes sœurs ne manquent pas les marchés.

Ma mère se faisait du souci pour moi. Elle est décédée dès qu'on me l'a présenté. J'ai toujours pensé que ça avait un lien.

Nous avions vécu sept ans toutes les deux, et ça aurait pu durer.

On était bien.

Sur le moment, je ne me rendais pas compte, mais quand je regarde la photo d'Albert, sur la cheminée, c'est vrai qu'il était bel homme. Toujours chic, élégant. Et surtout très sympathique. Le Carreau, c'était spécial. Tous les matins, les vendeurs déposaient leurs médailles dans une panière. On tirait au sort, et les premiers choisissaient leur place. Les prisonniers de guerre étaient prioritaires. Tout comme les déportés. Sachant cela, des copains de mon mari l'avaient embauché.

Avec Albert, on n'a jamais parlé de la guerre. Il a sacrifié sept ans de sa jeunesse sous les drapeaux. Deux ans de service militaire, cinq ans de captivité. Il était bûcheron au stalag 11B je crois, je n'en suis même pas sûre. Prisonnier de guerre, il n'avait pas caché qu'il était juif. Autrement il aurait pu travailler à la ferme, obtenir quelque chose de moins dur. Une fois de plus, ni l'un ni l'autre ne parlions de ça. Je sais qu'il était bûcheron, c'est tout. Vous m'imaginez dire à mon mari : assieds-toi, je vais te raconter ? Mais il a beaucoup lu sur le sujet : des livres, les journaux… Sa sœur a été déportée à Bergen-Belsen.

Je ne sais pas de quoi on parlait. On flirtait !

(Mais jusque-là, jamais plus bas.)

C'était un Juif de Pologne, né à Paris. À l'époque, à Montmartre, rue Marcadet, les parents travaillaient tous aux machines, à la confection, et les enfants étaient dans la rue, il n'y avait pas ou peu de voitures, ils se battaient : un quartier contre l'autre.

Il me disait que j'étais la première. Pas vrai.

Nous avons été heureux.

On a eu Richard très vite. On s'est mariés pour avoir un enfant mais on travaillait beaucoup et on prenait peu de vacances, même l'été. Jeune homme, il nous l'a un peu reproché. Je décidais tout, seule. La veille de mon accouchement, j'ai croisé un gamin qui s'appelait Richard. J'ai dit : on l'appelle Richard.

Il devait avoir 4 ou 5 ans, il a pointé son doigt vers mon numéro, 78599, que voulez-vous que je lui raconte ? Je lui ai dit : plus tard.

Plus tard, il m'a avoué croire que toutes les mamans avaient un numéro tatoué sur le bras.

Pendant cinquante ans, je me suis tue.

Jusqu'à ce coup de fil, au milieu des années 90 : un jeune homme qui travaille pour la fondation Spielberg souhaiterait connaître mon histoire. Je réponds non : trop vieux, trop loin, je ne me souviens de rien. Cinquante ans ! Et je raccroche. Mais il insiste. Deux fois, trois fois. Il m'explique que Steven Spielberg, le réalisateur de *La Liste de Schindler*, envoie des documentaristes dans le monde entier recueillir la parole des derniers survivants de la Shoah. Serge Klarsfeld lui a donné mon nom.

« Si vous avez du temps à perdre, passez… »

Il est assis là, face à moi, exactement comme toi, sur une des chaises où j'installe tous mes interlocuteurs. Je lui ai sans doute proposé du thé, un café ou de la vodka, j'ai apporté quelques biscuits secs, des fruits et des pétales de chocolat. À l'époque, je n'avais pas encore ce canapé fleuri, mais le *cosy* – où mes sœurs m'avaient allongée à mon retour. De là, je vois les deux petites fenêtres avec leurs jolis balcons qui ouvrent sur le calme de la cour. J'oublie très vite la caméra plantée juste derrière ce garçon et son équipe, ils sont trois. Sur la cheminée, à ma droite, des photos alignées : Simone et Marceline, mon mari, ma mère avec ses parents adoptifs – ils ne lui avaient pas appris à lire, ni à écrire, rendez-vous compte, même le cinéma était sous-titré dans sa jeunesse ! Je leur en ai beaucoup voulu, ils l'utilisaient, elle les adorait. À ma gauche, la bibliothèque. Des livres, des bibelots, et cette photo de Richard, Mathis, Roman et moi sous le portail d'Auschwitz : « Arbeit macht frei », prise à l'automne 2013.

Sur l'album souvenir qu'ils m'ont offert, j'ai griffonné :

« Un voyage que jamais je n'oublierai. »

Le premier non plus, je ne l'oublie pas.

Ils ont marché ensemble, mes enfants, en compagnie de ma famille qui n'est pas revenue. Et qu'ils n'auront jamais connue.

Derrière moi, dans un cadre accroché au mur, j'ai rassemblé les portraits de ceux qui sont restés là-bas. Mon père, en costume-cravate, mon petit frère, Gilbert, avec sa mèche rebelle bien peignée sur le côté, ses oreilles décollées et son col de chemise blanc boutonné – ils ont les mêmes sourcils, épais. Jojo, toujours sur son trente et un.

Et puis ma sœur aînée, Léa.

Elle avait quinze ans de plus que moi. Je ne sais pas pourquoi elle est morte. Là non plus, je n'ai pas demandé. Elle est retournée à Paris avec ma sœur Lucienne fin 42, voir un peu ce qu'il s'y tramait. Je sais juste qu'elles s'étaient donné rendez-vous à la station de métro Réaumur-Sébastopol et que Léa n'est pas venue. Lucienne est rentrée seule à Avignon. C'est tout. On ne l'a jamais revue. Bien plus tard, j'ai appris qu'elle avait été arrêtée puis emmenée à Drancy et déportée à Auschwitz par le convoi 48. Parce qu'elle était juive ? Communiste ? J'ai toujours pensé qu'ils étaient résistants, avec son mari.

Parfois, les gens me réclament des détails sur mon arrivée à Auschwitz.

Mais on est tellement… On reçoit tellement de coups. On est presque instantanément transformés.

Une cousine déportée m'a dit qu'elle avait reconnu Jojo, une fois, dans le camp.

Je le pensais parti en fumée, gazé dès son arrivée, comme Gilbert et mon père.

Mais Léa ? Personne ne l'a vue.

C'est immense, Birkenau. Et là-dedans on n'est plus des humains.

Jojo n'avait pas 15 ans.

Il était le fils unique de Léa.

J'ai aussi glissé une photo de maman, la seule à sourire.

Marceline, Simone et moi, nous sommes revenues. J'ai conservé cet article où l'on pose toutes ensemble, et avec Hélène Hausser.

« Les quatre de Birkenau ». Marceline… Je me demande comment elle est entrée dans le camp, comment elle a pu passer l'étape de la sélection, à l'aube, sur le quai ? Si jeune, si petite, si menue. Elle avait 15 ans, elle chaussait du 34 je crois, on aurait dit une gosse. Elle n'a pas été tondue, comme Simone. Les deux avaient gardé leurs beaux cheveux. J'ai fait tout ce chemin de la déportation avec elle, depuis mon arrestation à Avignon jusqu'à Birkenau, en passant par la prison des Baumettes, à Marseille, et le centre de Drancy. Je la revois dans ce car bourré de Juifs qui nous mène d'Avignon à Marseille, assise sur la petite banquette à côté de son père. Le paysage qui défile derrière la vitre, pour la dernière fois à deux.

Les quatre de Birkenau

Ainsi que nous l'avons relaté dans notre précédente édition, Mme Simone Veil a retrouvé trois de ses compagnes de déportation lundi soir à Colmar, à l'occasion de la remise de la croix de chevalier de la Légion d'honneur à l'une d'elles, Mme Hélène Hausser.

«Chère Hélène... Chère Simone...» La sincérité des liens qui unissent Mme Veil à celle qu'elle ne connaissait il y a 35 ans que sous le nom de «la petite Hélène» est apparue à travers les allocutions prononcées par l'une et l'autre en cette soirée. Usant toutes deux du tutoiement qui rendait plus émouvantes encore ces retrouvailles, elles ont échangé, devant la salle des fêtes du centre départemental de repos et de soins, maints souvenirs de la douloureuse époque où elles avaient fait connaissance à Birkenau.

«Nous étions parmi les plus jeunes du camp, parmi les plus indisciplinées. Nous avions été tatouées et nous étions dans la tenue d'Eve». Ces propos du ministre ne s'adressaient pas seulement à Mme Hausser.

Mmes Veil et Hausser entourées de leurs deux amies parisiennes. (Photo «L'Alsace»)

Deux autres camarades de déportation de Mme Veil, Mmes Marceline Lauridon et Mme Ginette Kolinka, étaient également venues de Paris honorer «la petite Hélène».

Toutes quatre s'étaient déjà retrouvées dans la capitale peu avant Noël.

Amies, elles étaient. Amies elles sont restées. Et elles le demeureront à jamais.

Le réalisateur me pose une première question.

Je ferme les yeux.

J'aimerais bien regarder cette vidéo aujourd'hui, pas pour me voir, mais pour savoir comment je racontais mon histoire. L'interview dure trois heures. Moi qui n'avais rien à dire.

La petite chambre

C'était l'entrepôt de mon père, là où il rangeait ses rouleaux de caoutchouc, où ça sentait fort la colle. Pendant la guerre d'Espagne, il a aussi fabriqué des cuirs pour l'armée républicaine. C'était un précurseur, parmi les premiers à utiliser des tissus imperméabilisés pour les manteaux, les redingotes. Sous l'Occupation, il a déménagé son atelier rue de la Folie-Méricourt. Mais les clients n'honoraient pas toujours leurs dettes. Il avait beau travailler sous le nom de ses associés, tout se savait.

C'est là que j'ai récupéré d'un sommeil sans rêve, quand j'ai retrouvé ma mère. Là que Richard dormait, bébé, près de nous. Là que mes nièces et neveux posent aujourd'hui leurs bagages quand ils sont de passage à Paris. Certains vivent en province, dans le Sud, d'autres en Israël. Ils ont leurs habitudes. Moi, je n'ai pas d'habitudes. Je peux manger par terre si c'est propre. Je m'en fiche.

Je le répète à ma belle-fille, Hélène, qui va hériter avec Richard : prends tout, vends tout, ça m'est égal. Les photos, les bibelots, si on les jette, ça ne me gêne pas. Et pourtant, chacun a son histoire. Je me revois en train de les acheter, je me souviens de qui me les a donnés.

Je ne m'attache à rien, pas de sentiment, je m'adapte.

La salle à manger

Tout ce qui est meuble, ici, c'est « collabo ». J'imagine que ça leur tenait lieu de bureau. Dans notre malchance, on a eu de la veine. Je me souviens de ma voisine du dessus qui vivait dans un désert. Nous, on a hérité de cette grande table en bois et du buffet haut, derrière. Les chaises, en revanche, c'est moi. Et le petit meuble à l'entrée, avec les médailles, aussi. Récemment, Richard m'a dit : « Mince alors, si j'avais su… » Je n'ai jamais songé à m'en séparer.

Richard, quand il avait une idée en tête… Je le revois assis à table. Il ne voulait plus aller à l'école. On lui avait dit : « D'accord mais pas question de rester au lit, tu viens avec nous au marché. » On partait sur les coups de six heures du matin, on déballait vers sept heures. Je lui avais demandé de nous aider à vider le camion, il fallait le voir à l'œuvre : il dormait debout.

Il y mettait tellement de mauvaise volonté, qu'à la fin je lui ai lancé : « Allez, fous le camp ! »

Après ça, des amis d'enfance de mon mari, qui tenaient un salon de coiffure, nous ont proposé de le prendre en apprenti. Il était d'accord, tout plutôt que l'école ! Il s'est retrouvé à faire le ménage. Richard n'a vu que ça : balayer, c'est pas coiffer. Et ça n'a pas marché.

Jusqu'au jour où un de ses copains lui a dit qu'il cherchait un batteur. Le groupe s'appelait Oasis ou Semolina, ou quelque chose comme ça. L'album n'est jamais sorti. Mais le tract est encore dans l'entrée, va voir.

Quand Richard est parti, j'ai tout repeint. Aujourd'hui, je suis fière de lui. À l'époque, j'étais inquiète. Il jouait, il avait du succès, je pensais : et après ? Le jour où il ne va plus plaire ? Moi, j'étais marchande : j'achetais, je vendais, je voyais le bénéfice et je vivais avec. Je ne pouvais pas comprendre que son avenir était assuré par sa jeunesse.

Nous avons été heureux, à cette table. Mes sœurs recevaient beaucoup, on préparait des pique-niques pour vingt personnes. C'est ici qu'on a fêté notre mariage, avec Albert. Le lundi de Pâques 1951. Nous n'avions pas d'argent, aussi on avait tout calculé : trois ou quatre sandwichs par personne, et des fruits. J'avais justement des clients, aux Halles, qui en vendaient : je leur ai pris un régime de bananes, et une caisse d'oranges. Quelques poulets, aussi, pas beaucoup. Résultat, les invités qui passaient dans la matinée avaient de quoi grignoter. Ceux qui arrivaient en fin d'après-midi, en revanche, n'avaient plus rien à se mettre sous la dent. Je me rappelle cette cousine, venue vers quinze heures, qui m'avait offert un sac à provisions. À chaque fois que je le prends, je la revois en train de manger sa banane. Il est toujours là, je l'utilise pour faire mes courses.

Marceline passait déjeuner. Elle glissait un morceau de pain au fond de sa besace, au cas où. Dans les camps, nous nous étions juré avec d'autres Françaises que si un jour on en sortait vivantes, on irait prendre un café sur les Champs-Élysées ! Promesse tenue. Chaque premier mercredi du mois, je filais au Colisée. J'y retrouvais Jacqueline, rencontrée à Drancy, Marceline et ses copines, les filles de Bergen-Belsen… À Bergen, comme je l'ai raconté, nous étions livrées à nous-mêmes, affamées, errantes. Mais je me souviens de cette équipe de jeunes femmes. Elles étaient du même quartier, elles avaient fréquenté la même école, elles échangeaient leurs souvenirs. Je me tenais toujours en retrait, dans leur sillage, sans jamais leur adresser la parole. Leur bavardage me rappelait celui de mes sœurs, au lit. À les écouter, je suis devenue moins sauvage.

Richard ne dit jamais qu'il va travailler, il va « jouer ». Moi, c'est pareil, je ne vais pas travailler, je vais « parler », je raconte mon histoire. Les écoles ont pris le relais des marchés. Ça nourrit mon mental, mon moral. Je peux causer des heures mais dès que j'arrête, je ne suis plus dans les camps. C'est ma chance. Et puis, à chaque fois que je témoigne, je suis faite citoyenne d'honneur. Les maires, ils ne sont pas chiens, pour ça ! Toutes ces médailles, je ne sais plus où les poser. Je les garde car c'est offert avec plaisir même si ça n'est pas mérité. Autrefois, la Légion d'honneur, c'était pour les héros. Qu'est-ce que je suis, moi ? Un zéro. Mais les témoins se font rares.

Dans mon souvenir, ma sœur Jacqueline a un sourire triste. Je réalise que pendant les réunions de famille, avec nos amis, les gens m'entouraient parce que j'étais la déportée. J'ai des remords, à présent. Jacqueline était l'avant-dernière, mais j'étais plus proche de Lulu, alors que cinq ans nous séparaient : tout ce qu'elle faisait, je le faisais. Jacqueline, ce n'était pas le même genre. Elle était belle, elle avait du succès auprès des garçons, elle flirtait.

Ça, ce sont les palmes académiques, je pourrais les faire monter en broche, ce serait chic.

Regarde les frangines, au mur, ma mère était fière de nous photographier toutes les six ensemble.

On pose sur la plage en maillot de bain, les mains sur les hanches, solidement campées, alignées par ordre de grandeur. Les aînées portent une drôle de charlotte sur la tête et une combinaison années 20, c'était la mode. Je suis la petite dernière, coupe au carré, ventre rond, bien joufflue. J'ai essayé de reproduire cette photo des années plus tard mais je suis la seule à prendre la pose, avec ma robe à fleurs, mes boucles d'oreilles et mes lunettes. Sur mon bras, on peut lire mon numéro. Beaucoup de gens ne savent pas ou plus ce que cela signifie. Même moi, j'ignorais que seuls les déportés d'Auschwitz-Birkenau avaient été tatoués.

Il manque Léa.

On traverse la pièce ?

Dans le recoin, là, c'est mon bureau, l'ancienne véranda. Papa y avait installé sa table à couper. À un moment donné, maman s'était mise à coudre des boutons, pour se faire un peu d'argent. Et puis elle a arrêté, elle avait déjà trop de travail avec ses enfants. Des filles qui ne voulaient pas l'aider. « Pourquoi moi ? Demande-lui à elle ! » Et, à la fin, c'est ma mère qui faisait.

Ce couloir était interdit aux petites mains, seule la famille pouvait l'emprunter. Maintenant le passage est muré, par mon bureau d'un côté et la salle de bain de l'autre. Ne regarde pas, c'est le bazar ! On me dit que j'ai un agenda de ministre. Hélène m'aide à m'y retrouver, y compris dans mes souvenirs. En attendant, je pose pour la postérité avec des ministres que je ne connais pas et même avec le président de la République. C'était à Pithiviers, pour la commémoration des 80 ans de la rafle du

Vel' d'Hiv'. Juillet 42. J'avais déjà quitté Paris.

Cet hiver, pour la première fois depuis une vingtaine d'années, je ne retournerai pas à Birkenau accompagner les élèves. Je me fais trop vieille.

Ça a commencé par hasard, j'étais veuve, à la retraite, j'ai poussé la porte de l'Union des déportés d'Auschwitz, pas loin de la maison, et je suis partie là-bas.

On me demande toujours ce que ça me fait, d'y retourner.

Je réponds « rien » et c'est vrai. (C'est un décor, un musée.)

Je regrette de ne plus pouvoir y aller, j'aimais bien.

Ah ! Le buffet, ma photo de mariage.

Première fois que mon mari m'accompagne acheter un chapeau dans un magasin. Un joli petit bibi blanc. Je l'ai porté une fois et ça a été terminé. Mais on était beaux tous

les deux, non ? Le voyage de noces, c'est là qu'on a conçu Richard. Sous une tente, en septembre, au camping de Cavalaire, on était trop fauchés pour aller à l'hôtel. Fallait se plier en quatre pour y rentrer, on le voit bien sur le cliché. Là, c'est la descendance : Roman et sa femme, ils sont mignons comme tout et ils font ce qu'ils aiment, Mathis, encore enfant, qui joue déjà de la batterie. On me demande pourquoi je souris tout le temps. Parce que j'ai tout pour être heureuse. Mes enfants, mes petits-enfants, mes arrière-petits-enfants vont bien, s'accordent bien. J'ai eu la chance d'avoir un mari adorable, un fils extra, il nous a un peu cassé les pieds à l'adolescence mais c'est rien, lui aussi fait ce qu'il lui plaît, il est heureux. Quelqu'un de malheureux, à mon avis, c'est quelqu'un qui n'a pas d'amis, pas de relations, des soucis de santé ou d'argent. Ceux-là ont le droit, mais moi ? J'arrive encore à marcher. Et puis, en blaguant, je dis aux élèves : « J'ai payé mes dents assez cher comme ça, si en plus je ne les montre pas ! » J'irai finir mes jours n'importe où mais je ne veux pas les embêter, c'est ma seule hantise. Ils ont déjà gagné beaucoup de temps ! Espérons que la chance va continuer à me sourire, que ma mort sera comme ma vie.

D'un seul coup, plus rien.

Si la mort me prend demain, ça m'est bien égal.

Je veux partir en fumée.

Sur ce portrait, Albert est déjà malade. On n'a pas eu le temps de fêter ses 80 ans. Il était soigné aux Invalides. Je m'étais entendue avec le garçon qui tenait la cafétéria pour organiser une petite réception. Nous avions jusqu'à treize heures. Il est mort avant.

On voyageait beaucoup en ce temps-là. Notre stand à la Villette avait été dévalisé. Les voleurs ont commencé par enlever quelques paquets la nuit, on ne s'en apercevait pas. Et puis, un jour, ils ont brisé la vitre et vidé le camion. Nous n'étions pas assurés. J'ai pleuré quand nous sommes arrivés au petit matin : plus rien ! Albert, lui, était content. Il voulait prendre sa retraite. Mais moi je travaillais depuis quarante ans, je ne me voyais pas arrêter. Petit à petit, j'avais enrichi la bonneterie, ajouté des articles. J'avais, par exemple, eu l'occasion de faire la connaissance d'un fabricant de maillots de bain à qui j'achetais des bikinis pour enfants en tissu cloqué, auxquels sa fille avait eu l'idée d'ajouter des petits volants. Oh c'était adorable ! Mais quand on fait des maillots de bain l'été, qu'est-ce qu'on vend l'hiver ? Alors, on s'était lancés dans les gants, les chapeaux, les pull-overs… Au fil des ans, je n'avais presque plus de bonneterie. Ce marché, un trottoir à Aubervilliers, un trottoir à la Villette, c'était ma vie. Mes sœurs avaient cette place depuis bien avant guerre, j'avais pris leur succession.

Mais dans le fond, on a bien occupé notre inaction. On sortait beaucoup, on faisait des croisières. On a pris notre retraite en 1982. Ça nous a laissé dix ans.

Un matin, au Club Med à Vittel, Albert est resté plus longtemps que d'habitude sous la douche, en sortant il ne se sentait pas bien. J'ai appelé le docteur qui lui a posé deux questions :

« Vous vous appelez comment ?

— Albert », ça il s'en souvenait.

« Quel âge avez-vous ?

— Trente et un ans. »

Le médecin a dit : « Vite, il fait un AVC, vous avez trois heures. Après, il sera trop tard. » À Vittel, il n'y avait aucune infrastructure pour l'accueillir, le temps de rejoindre en ambulance l'hôpital Saint-Louis des Invalides, à Paris, il s'est complètement paralysé, le corps, la parole. Il a traîné pendant six mois.

Je me suis habituée à être seule le soir.

Il est mort en 1993, il y a trente ans.

C'est toute une vie, ce buffet, cette galerie de photos.

1945. La nuit, je traverse la salle à manger sur la pointe des pieds, en prenant garde de ne pas faire grincer le parquet, et je me faufile dans la petite cuisine que ma sœur a fait aménager à la fin de la guerre. De la fenêtre, à cette époque, on peut encore voir la cour de mon collège. Ma mère a pour habitude d'accrocher le sac-poubelle à une poignée en hauteur pour éviter d'attirer les souris. Je décroche le sac dans la pénombre, m'assois par terre et je trie soigneusement tout ce qu'il y a dedans pour avaler jusqu'à la dernière pelure comestible.

Mais jamais je n'ai dit à Richard : mange, si tu avais été là où j'ai été.

Pourtant, on ne peut pas oublier. Quand on se plaint du froid, de la chaleur, on le vit au présent mais ça vous rappelle le passé. Quand un plat est trop salé ou sucré, je le garde pour moi. Même aujourd'hui, si je me plains de quelque chose dans ma tête, ça me ramène là-bas. Je me dis : « T'as pas le droit. »

On s'habitue vite au confort, on prend goût même à ne pas bouger. C'est agréable de rester toute la journée à regarder la télé. Si ma mère avait connu ça, elle aurait vécu vingt ans de plus.

Tu dis qu'elle avait le même sourire ?

Elle cuisinait des pommes de terre sautées qu'aucune de ses filles n'a jamais su refaire. Ça laissait au fond de la cocotte une espèce de croûte dorée et fondante. Peut-être était-ce une race de pomme de terre délicieuse qui n'existe plus ? À l'époque, on n'avait pas de frigo mais des glacières. Je me rappelle les bougnats, des Auvergnats, qui vendaient du charbon l'hiver et des morceaux de glace l'été. Tous les jours, ma mère partait au marché, matin et soir, on ne pouvait rien conserver. De temps à autre, elle préparait des plats juifs, des boulettes de poisson qui ne nous déplaisaient pas trop. En revanche, la voisine du dessus, pour le baptême de son fils, nous avait invitées à partager une tête de veau : l'horreur ! Quand c'est chaud, c'est mou, puis ça devient dur en refroidissant. Mes sœurs et moi, on a avalé ça comme une purge, si vite que la voisine a cru qu'on se régalait et nous a resservies.

J'en ai refait, une fois, à la maison. C'est très bon. Les goûts changent.

Mon petit-fils Mathis me gronde quand je dis baptême au lieu de bar-mitsvah, il s'y connaît mieux que moi, mais la finalité est la même, non ? les cadeaux ?

Je regarde les photos de mes sœurs sur le mur qui posent fièrement avec leurs fils. On a toutes eu des garçons. Quand je pense à quel point mon père en désirait un, et Gilbert est venu. Sept ans après moi.

Aujourd'hui, je reçois moins. Mais on m'offre plein de choses lors de mes déplacements : des spécialités régionales, des fleurs, des chocolats, que je donne la plupart du temps à mes invités ou à ma voisine de palier. Une Américaine. Quand je suis allée chez elle, je me suis aperçue qu'enfant, je n'avais jamais remarqué la petite fenêtre de l'entrée qui donne sur la courette intérieure. Viens, on y va !

La porte cachée

Avec mes sœurs, nous dormions là, dans cette pièce qui est devenue le salon de ma voisine. Elle l'a drôlement bien aménagé, notre appartement. Son entrée, c'était notre salle à manger, et sa salle à manger, la cuisine. Gilbert, lui, dormait là, contre la verrière. Pousse la porte. C'est étroit.

Mais il était si jeune. Douze ans, la dernière fois que je l'ai vu. Sa tête brune tout ébouriffée, son regard doux et inquiet. Le petit dernier.

Mes parents partageaient la chambre du fond, à côté de la cuisine. C'était grand, tout de même, pour l'époque. Ma voisine a racheté l'appartement aux jumeaux. Ceux qui faisaient les quatre cents coups avec Richard, qui piquaient les chutes de cuir de leur père et jouaient dans la cave. Ils passaient leur vie sur le palier, à grimper et dévaler les escaliers, Dieu sait ce qu'ils fabriquaient mais à en croire Richard, c'était toujours la faute des jumeaux !

La nuit tombe.

La chambre de Gilbert est devenue une chambre d'amis : un lit, un édredon et la vitre froide qui donne sur le mur de l'école où je vais voter. Bientôt ce sera peut-être une chambre pour bébé ? Ma voisine a revendu à un jeune couple. Le quartier a beaucoup changé. Il n'y a plus de rats dans le couloir, mais quelques souris. Les copropriétaires ont dallé la cour avec des pavés de Paris, ça a coûté bonbon. Selon moi, du ciment aurait fait l'affaire, mais c'est joli. Une dame a tout fleuri : il y a des lauriers, du jasmin et une glycine. L'été, quand tu traverses au petit matin ou en fin de journée, ça embaume. L'usine a été vendue à un promoteur qui l'a transformée en studios et en ateliers. Le soir, ça brille comme des étoiles. Pendant la guerre, nous avions peint en bleu les vitres et les volets de toutes les fenêtres pour ne pas attirer l'attention en cas d'attaque aérienne. Et si jamais on oubliait, des civils de la défense passive se chargeaient de nous le rappeler en sifflant depuis la cour. Les gars s'introduisaient jusque dans les cages d'escalier pour vérifier.

Il ne fallait pas qu'on nous voie.

La mère de mon mari a passé toute l'Occupation planquée dans son appartement.

Elle ne parlait pas un mot de français, que yiddish ! Imaginez... Sa fille déportée, son fils prisonnier... Ce sont les voisins qui se sont occupés d'elle. Il n'y a pas que des salauds.

Dehors, je me rappelle les magasins : là où il y a le caviste, c'était l'épicier qui torréfiait lui-même son café, ça sentait bon dans toute la rue. À côté, il y avait un cordonnier qui n'existe plus. En face, ça a toujours été un restaurant. Aujourd'hui, j'aime la ville. Les portes cochères, les balcons. Je marche le nez en l'air. Enfin, pas trop, pour ne pas tomber.

Ma voisine, dans son salon, a peint une fresque sur le mur mitoyen de ma chambre. Elle a dessiné une porte qui ouvre sur un appartement. Une enfilade de pièces. Tout au fond, on distingue une silhouette, un collier, des boucles d'oreilles et des lunettes, tu reconnais ? C'est moi.

C'est Ginette, rescapée des camps de la mort.

Mars 44-juin 45.

La chance !

Appelle ça comme tu veux : le hasard, la bonne étoile, Dieu. Moi, c'est la chance.

Cet ouvrage a été imprimé
par Normandie Roto s.a.s à Lonrai
pour le compte des éditions Grasset
en janvier 2023

Composition et mise en pages
Nord Compo à Villeneuve-d'Ascq

PAPIER À BASE DE FIBRES CERTIFIÉES

Grasset s'engage pour l'environnement en réduisant l'empreinte carbone de ses livres. Celle de cet exemplaire est de :
300 g éq. CO_2
Rendez-vous sur www.grasset-durable.fr

N° d'édition : 22739 – N° d'impression : 2206218
Dépôt légal : janvier 2023
Imprimé en France